# BLUETTES POÉTIQUES

PAR

## CHARLES BARDY.

—∞—

DEUXIÈME VOLUME

**Prix : un franc**

—∞—

**BORDEAUX**

J. DELMAS, ÉDITEUR,

Rue Sainte-Catherine, 199.

—

1859

# BLUETTES POÉTIQUES.

# BLUETTES POÉTIQUES

PAR

## CHARLES BARDY.

DEUXIÈME VOLUME.

**BORDEAUX**

J. DELMAS, ÉDITEUR,

Rue Sainte-Catherine, 139,

—

1859

Bordeaux, imp. de J. Delmas, rue Sainte-Catherine, 139.

# DÉDICACE.

## A M. ALPHONSE DE LAMARTINE.

Illustre enfant de ma pàtrie,
Toi dont l'âme est, dit-on, flétrie
Par la souffrance et les regrets;
Toi qui de ta douleur profonde,
En chants sublimes, dis au monde
Les plus mystérieux secrets;

Type d'héroïque courage,

Toi qui jadis, pendant l'orage,

Comme un père veillas sur nous;

Toi dont l'honneur sauva la France

Et qu'au jour de sa délivrance

Le peuple adorait à genoux;


Chantre divin de l'harmonie,

Toi dont le radieux génie

Comme un astre nous éclaira,

Et créa d'immortels ouvrages

Dont toujours, à travers les âges,

Le monde entier se souviendra;


Toi qui, dans ce monde, fus comme

Jésus le Christ, le Dieu fait homme,

Insulté, battu, condamné,

Et qui, sans cesse juste et sage,

As, sans répondre à nul outrage,

Comme lui, toujours pardonné;


Élu de Dieu, sur cette terre,

Toi pour qui rien n'est un mystère

Et qui te complais, chaque jour,

A verser sur nos pauvres âmes,

De doux parfums, de pures flammes,

Trésors de science et d'amour;


Noble ouvrier qui sans relàche

Accomplis ici-bas ta tàche

Pour le bonheur du genre humain;

Toi dont la lyre règne encore

Et que mon humble luth implore;

Lamartine, tends-moi la main;

De ton immortelle odyssée

Laisse descendre ta pensée.

Vers moi qui t'aime et te bénis;

Toi, le poète des poètes,

Prête ton nom à mes *bluettes*,

Ces rêves de mon cœur chéris;


Sois une étoile pour ma vie!

O permets que je te dédie,

Lamartine, ces quelques vers;

Afin que mon œuvre imparfaite

Ait une place dans la fête

Des doux chants et des saints concerts!

CHARLES BARDY.

# ÉPITAPHE.

---

Oh ! ne me parlez plus de cette vie amère
Qui s'écoule incertaine et se brise éphémère !
Qu'est-il donc ce jouet si frêle dans nos mains?
Un piége que Dieu tend à l'âme des humains.

Oh ! ne me parlez plus de ce bonheur profane
Dont le parfum séduit et dont le souffle fane !
Qu'est-il donc cet outrage à la divinité ?
Un vol audacieux fait à l'humanité.

Mais parlez-moi toujours de la vie éternelle,
Que la foi nous prédit terrible et solennelle,
Et qui doit commencer à ce lugubre adieu
Que l'âme fait au corps en s'envolant vers Dieu !

Mais parlez-moi toujours du bonheur indicible
Que Dieu laisse tomber de sa main invincible
A l'âme qui fut juste en passant ici-bas
Et qui jouit au ciel du prix de ses combats !

Car là, sous ce gazon, là, sous ces fleurs funèbres,
Dans un cercueil en bois, dans la nuit des ténèbres,
Gît un cadavre infect, un cadavre en lambeaux
Rongé par la vermine et le froid des tombeaux !

Car, hélas! ce cadavre est celui de ma mère,
Morte, en berçant mon cœur d'une tendre chimère,
Morte, au sein des tourments, sans crainte, sans remord,
Morte, en bénissant Dieu qui lui donnait la mort!

Car ma mère souffrit le martyre en ce monde!
Car ma mère vécut loin de la foule immonde,
Des plaisirs enivrants ne cueillit point les fleurs
Et pour les malheureux eut toujours quelques pleurs.

Car ma mère aima Dieu d'un amour véritable!
Car ma mère fut pauvre et pourtant charitable!
Car ma mère fut juste et fut sage toujours!
Car ma mère mourut à l'été de ses jours!

Et mon âme nourrit cette douce pensée
Que ma mère est au ciel de Dieu récompensée,
Que son âme est un ange au céleste univers
Et veille sur mon âme en ce monde pervers!

Et ce penser tarit la soif de mes alarmes,

Ou du moins il répand un charme sur mes larmes!

Et ce penser m'éclaire et dirige mes pas

Loin des sentiers mondains où la vertu n'est pas!

Et mon âme nourrit cet espoir téméraire

Que, peut-être, en fuyant ce monde temporaire,

Un jour, un jour terrible, un jour délicieux,

Elle ira retrouver son âme dans les cieux!

Et j'aime cet espoir qui parfume ma vie,

Plus que tous les trésors qu'ici-bas l'on envie,

Et je ne forme plus qu'un vœu pour l'avenir :

C'est de l'avoir toujours présent au souvenir!

# C'ÉTAIT UN RÊVE.

---

J'ai fait un rêve et mon âme inquiète
Voudrait savoir ce qu'il peut m'annoncer;
Sur ce sujet pouvez-vous prononcer,
De l'avenir, vous que l'on dit prophète?

Il m'en souvient, c'était hier.

La nuit nous couvrait de son voile,

Le ciel triste était sans étoile,

Aucun bruit ne courait dans l'air.

Sa main frémissait dans la mienne,

Mon front touchait son front béni,

De bonheur mon âme était pleine.....

C'était un rêve : — Il est fini !


Ami, c'est toi, toi seul que j'aime,

Me disait sa voix qui tremblait,

Je t'aime plus que Dieu lui-même,

Et puis d'ivresse elle pleurait.....

Ma bouche alors chercha la sienne,

Mon cœur à son cœur fut uni,

De bonheur mon âme fut pleine.....

C'était un rêve : — Il est fini !

Sur son sein brillait une rose,

Son parfum enivrait mon cœur;

De cette fleur à peine éclose

J'allais m'emparer en vainqueur.....

Mais quelle douleur est la mienne?

Par le destin, je suis puni!

De tristesse mon âme est pleine.....

C'était un rêve : — Il est fini!


J'ai fait ce rêve et mon âme inquiète

Voudrait savoir ce qu'il peut m'annoncer :

Sur ce sujet pouvez-vous prononcer

De l'avenir, vous que l'on dit prophète?

# ADIEUX A DÉJAZET.

## IMPROVISATION.

---

Semblable au léger papillon
Qui brille à nos yeux et qui passe,
Tu vas nous fuir, ô *Frétillon*,
Et ton départ d'effroi nous glace...

Sans toi, qu'allons-nous devenir,

Aimable et gentille *Lisette?*

Après toi, qui pourra tenir

Ton sceptre puissant de soubrette ?

Qui donc osera se flatter

D'égaler ton génie immense ?

Vouloir parmi nous le tenter

Serait un acte de démence.

Reçois donc, avec notre adieu,

Reçois, ravissante *Sophie,*

Joli *Vert-Vert,* gai *Richelieu,*

Les regrets d'une foule amie.

Reçois de tes admirateurs

Cette symbolique couronne ;

Elle est l'hommage de leurs cœurs,

Et c'est leur main qui te la donne...

Un poète, inconnu de toi,

Y joint ces vers et te demande,

Comme un gage pur de sa foi,

D'accepter sa modeste offrande.

Mais en fuyant à notre amour,

O toi qui de Bordeaux t'envole,

Songe que te revoir un jour

Est un espoir qui nous console.

# SI J'ÉTAIS HIRONDELLE.

### RÊVERIE.

---

Si j'étais hirondelle,
J'irais, tendre et fidèle,
Mon ange, au point du jour,
J'irais sur ta fenêtre
T'importuner peut-être,
Mais te parler d'amour...

Si j'étais hirondelle,

Je te suivrais, ma belle,

En tous lieux ici-bas,

Formant sur ton passage,

De mon soyeux plumage

Un tapis pour tes pas.


Si j'étais hirondelle,

Lorsque, parfois cruelle,

Pour éprouver mon cœur,

Tu feins d'être coquette,

Ma voix triste, inquiète,

Te dirait ma douleur...


Si j'étais hirondelle,

Je voudrais que mon aile

Se posât sur ton cœur,

Et de lui, curieuse,

Apprît, mon amoureuse,

Si je fais ton bonheur.


Si j'étais hirondelle,

Quand ta douce prunelle

Du sommeil suit la loi,

Je voudrais, sur ta couche,

Dormir près de ta bouche

Et rêver avec toi.


Si j'étais hirondelle,

Et que ton cœur rebelle

Me repoussât, hélas!

Oh! je voudrais, martyre,

Sans pouvoir te maudire,

Mourir entre tes bras!

# AH ! NE CRAINS PAS QUE JAMAIS JE L'OUBLIE

## ROMANCE.

---

Ah ! ne crains pas que jamais je l'oublie

Ce jour charmant et si cher à mon cœur

Où je reçus de ta bouche jolie

Ce doux aveu qui fixa mon bonheur.

Le temps s'écoule et nous mène à la tombe :
Demain peut-être arriverai-je au port....
Mais quel que soit l'instant où je succombe,
Je suis, mon ange, à toi jusqu'à la mort.

Ah ! ne crains pas que jamais je l'oublie,
Ce jour pour moi si court et si riant
Où de ton cœur je pus lire l'envie
Dans tes beaux yeux et sur ton front brûlant....
Le temps s'écoule et nous mène à la tombe :
Demain peut-être arriverai-je au port....
Mais quel que soit l'instant où je succombe,
Je suis, mon ange, à toi jusqu'à la mort.

Ah ! ne crains pas que jamais je l'oublie,
Ce jour béni, de mes jours le plus beau,
Où mon amour à ton âme ravie
Offrit le miel d'un délice nouveau....

Le temps s'écoule et nous mène à la tombe :
Demain peut-être arriverai-je au port....
Mais quel que soit l'instant où je succombe,
Je suis, mon ange, à toi jusqu'à la mort.


Ah ! ne crains pas que jamais je l'oublie
Ce jour où Dieu daigna m'unir à toi;
Tout ici bas n'est que ruse et folie,
Ton amour seul est sage et vrai pour moi.
Le temps s'écoule et nous mène à la tombe :
Demain peut-être arriverai-je au port....
Mais quel que soit l'instant où je succombe,
Je suis, mon ange, à toi jusqu'à la mort.

# A L'ARBRE DE LA LIBERTÉ.

O toi qui fus choisi pour être le symbole
    De notre sainte liberté,
Toi dont l'aspect séduit le peuple qu'il console,
    Toi, l'élu de notre cité;

Arbre qui fus béni par l'ardente prière

D'un représentant du Seigneur,

Oh ! ne sois pas pour nous encore une chimère....

Donne nous , enfin, le bonheur !

Nos pères, avant nous, plantèrent d'autres *chênes*,

Avec ivresse, avec transport....

Sous leur feuillage, hélas ! on leur riva des chaînes,

Beaucoup y trouvèrent la mort !

Qu'il n'en soit pas ainsi ! que notre belle France,

- Moins malheureuse désormais,

Ne trouve près de toi qu'un baume à sa souffrance ;

Sois pour elle un rameau de paix !

Si jamais des méchants, à leurs serments parjures,

Voulaient faire, en ton nom sacré,

A des cœurs fraternels de mortelles blessures,

Désarme leur bras égaré....

Rappelle à leurs devoirs ces âmes criminelles,

    Dis-leur que nous sommes égaux ;

Que la liberté luit pour nous comme pour elles,

    Qu'elle proscrit les échafauds....

Fais régner, parmi nous, au sein de la patrie,

    L'amour de la fraternité,

Afin que tout Français à l'avenir s'écrie :

    Gloire, honneur à la liberté !

Protége constamment la liberté des mondes,

    Guide les peuples malheureux ;

Étends, étends au loin tes racines profondes,

    Et que ton front s'élève aux cieux !

1848.

# TRAHISON.

## ROMANCE.

---

En vain je lui rappelle
Ses serments d'autrefois,
Son cœur m'est infidèle
Et n'entend plus ma voix.

De sa voix la plus caressante,

Elle m'avait dit : Mon amour,

Pars, et songe que ton amante

Souffrira jusqu'à ton retour....

Je partis, et quand plein d'ivresse

Je reviens, comptant sur sa foi,

Elle foule aux pieds sa promesse

    Et s'éloigne de moi !


    En vain je lui rappelle.

    Ses serments d'autrefois,

    Son cœur m'est infidèle

    Et n'entend plus ma voix.


Pendant que dura mon absence,

Elle m'écrivit que son cœur,

Privé de ma chère présence,

N'avait ni repos, ni bonheur....

Aujourd'hui, je suis là , près d'elle ,

Je brûle encor des mêmes feux ;

Mais, hélas ! elle, la cruelle,

    Elle est froide à mes yeux !


    En vain je lui rappelle

    Ses serments d'autrefois,

    Son cœur m'est infidèle

    Et n'entend plus ma voix.


Torturé par la jalousie ,

Comme un fou je cours au hasard ;

Tout haut je me plains et je crie :

Tout me répond : il est trop tard !

Des pleurs sillonnent mon visage ;

Oh ! ces pleurs me font bien souffrir !

Mais elle en rit, et la volage

    Voudrait me voir mourir !

En vain je lui rappelle

Ses serments d'autrefois,

Son cœur m'est infidèle

Et n'entend plus ma voix.

# LES COSAQUES NE VIENDRONT PAS.

## AU PEUPLE FRANÇAIS.

De l'Étranger qui nous menace
Français ! acceptons les combats !
Contre lui levons-nous en masse :
Les Cosaques ne viendront pas !

De tous côtés chacun s'écrie

Que les Cosaques vont venir

Se partager notre patrie,

Et peut-être l'anéantir....

Ils ne l'oseront pas : ils savent

Que la France punit les fous,

Ou les imprudents qui la bravent....

Mais s'ils l'osent, que ferons-nous ?


De l'Étranger qui nous menace,

Français, acceptons les combats !

Contre lui levons-nous en masse :

Les Cosaques ne viendront pas !


Dans le monde on a la croyance

Qu'au sein des partis désunis,

Il en est qui voudraient en France

Voir arriver les ennemis.

A l'Europe qui nous contemple,

L'arme au bras et l'œil en courroux,

Français, donnerons-nous l'exemple

D'être divisés entre nous ?


De l'Étranger qui nous menace,

Français, acceptons les combats ;

Contre lui levons-nous en masse,

Les Cosaques ne viendront pas !


Mon Dieu, qui veilles sur la France

Et qui protéges ses enfants,

Ne détruis pas leur espérance,

Assez ils furent triomphants....

Chasse les souffles déjétères

Des Rois absolus et peureux,

Fais que les peuples soient tous frères,

Et se coalisent entre eux.

Que l'Étranger qui nous menace

Renonce à de nouveaux combats ;

Et répète, avec nous, en masse :

Les Cosaques ne viendront pas !


1853.

# A UNE MARGUERITE.

Composée pour M. Ernest Hartmann, de Paris, qui en a fait
la musique.

———

Non, je ne puis te croire,
Lorsque ta voix qui ment
M'annonce une victoire
Que tout, hélas! dément....

Tais—toi, belle flatteuse,

Ou parle, mais bien bas,

A mon âme amoureuse,

D'un bonheur qui n'est pas !

Si mon cœur te demande, en tremblant : Marguerite,

Cet ange m'aime-t-il ? tu réponds : Oui, toujours....

Et son air calme et froid, son regard qui m'évite,

Me disent que son âme est rebelle aux amours....

Tais-toi, belle flatteuse,

Ou parle, mais bien bas,

A mon âme amoureuse,

D'un bonheur qui n'est pas !

Fleur modeste et jolie,

Ton doux nom est le sien,

Comme elle, de ma vie,

Sois le céleste bien....

Que ta voix adorée ,

A toute heure du jour,

A mon âme enivrée

Parle de son amour.


A mon gré, pauvre fleur, je t'admire et te cueille ,

Ainsi que toi, le sort comblera-t-il mes vœux ?

Ah ! ce bonheur divin , que l'amour seul effeuille ,

Je n'ose l'espérer.... pourtant je suis heureux.


Que ta voix adorée,

A toute heure du jour,

A mon âme enivrée

Parle de son amour.

# A MADAME ÉLISA ALBERT BELLON.

## SONNET.

---

Ce qu'un poëte a dit en parlant de la femme :
« Est-ce un ange, un démon, ayant un corps, une âme? »
Élisa, c'est aussi ce que l'on dit de vous
Quand vous tenez la foule esclave à vos genoux.

N'importe sous quels traits vous paraissez, Madame,
Votre danse toujours nous charme et nous enflamme,
Vos tableaux sont si purs et vos pas sont si doux
Qu'ils sont pleins de parfums et d'ivresses pour nous.

Dans ces ballets charmants : *Diavoletta* , *Giselle* ,
Vous nous avez paru ravissante et nouvelle,
Et sans cesse et partout brûlant du feu sacré ;

Aussi, comme ces noms grandis par notre hommage ,
*Taglioni* , *Rachel* , dont vous êtes l'image ,
Madame , votre nom est par nous adoré !

# A M. ET M<sup>me</sup> D. FORNAS.

Le jour de leur arrivée à Bordeaux et à l'occasion de leur mariage.

## SONNET.

---

Depuis que l'Empereur a choisi sa compagne

Dans la noble patrie où vous vîtes le jour,

Les anges les plus beaux nous viennent de l'Espagne,

C'est de là que nous vient le plus sincère amour.

En France, où votre époux, joyeux, vous accompagne,
Venez briller, Madame, et plaire tour à tour.
Le monde à vous avoir comprendra ce qu'il gagne,
Chacun vous aimera sans crainte et sans détour.

Et vous, mortel heureux, que le bonheur inonde,
Dont le front rayonnant dit l'ivresse profonde,
Vous que la main de Dieu guida dans votre choix;

Couple à qui tout sourit, amour, fortune, gloire !
Nobles élus du sort, en ce jour, veuillez croire
Aux vœux que fait mon cœur et qu'exprime ma voix.

# L'ABSENCE.

RÊVERIE.

---

Quand je suis loin de toi, ma tendre bien-aimée,

Et que je n'entends plus ton haleine embaumée

    Chanter l'amour dans mes cheveux ;

Quand mes sens ne sont plus plongés dans le délire,

Par un de tes baisers, par ton divin sourire,

    Par un regard de tes beaux yeux ;

L'heure me semble un siècle et la vie un supplice !

On dirait que meurtri par un affreux cilice

Mon corps, hélas ! s'en va mourir.

Tous les plaisirs sans toi me sont insupportables,

Sans toi, tous les trésors sont pour moi détestables,

Sans toi je ne peux que souffrir !


Ah ! fais cesser bientôt, fais cesser mon martyre !

Que je puisse t'aimer sans cesse et te le dire

A toutes les heures du jour.

N'es-tu pas de mon cœur la chaste fiancée ?

Et ne seras-tu pas de moi récompensée

Par mon inaltérable amour ?

# SIMPLE RÉPONSE.

### RÊVERIE.

———

Tu demandes des vers : que pourrais-je te dire ?
Dis, ne connais-tu pas les secrets de mon cœur,
Ange, dont un seul mot ou dont un seul sourire
Peut, à ton gré, causer ma mort ou mon bonheur ?

Mes jours ne sont-ils pas liés aux tiens, mon ange,

Ainsi que la rosée est liée à la fleur ?

Et toi que j'aime seule, en ce monde de fange,

Dis, ne m'aimes-tu pas avec la même ardeur ?


L'amour, vois-tu, mon ange, est une sainte chose,

L'amour, l'amour à deux, c'est le ciel ici bas !

Dieu lui seul en connaît l'étendue et la cause,

Comme il connaît lui seul nos vœux et nos combats !


Aimons-nous donc sans crainte, aimons-nous donc sans cesse,

Ah ! n'éprouvons jamais que les mêmes désirs....

Aux regards indiscrets cachons bien notre ivresse,

Et partageons toujours nos pleurs et nos plaisirs,....

# LE DIEU DU JOUR.

---

Aujourd'hui, c'est l'or qu'on adore,

Il a notre foi, notre amour,

C'est lui qu'on chante et qu'on implore,

Oui, l'or est le seul dieu du jour.

## I.

Sans doute il est encore, au sein de nôtre monde,

Dévoré de nos jours par une soif immonde,

Des êtres purs et généreux,

S'arrachant aux plaisirs du luxe et de l'ivresse,

Pour prier le Seigneur, convoiter sa richesse,

Et secourir les malheureux;

Mais comme il en est peu, parmi nous, de ces âmes,

Que ces saintes amours dirigent ici-bas,

Et que le nombre est grand de ces hommes infâmes,

Au culte du veau d'or voués jusqu'au trépas!

Aujourd'hui, c'est l'or qu'on adore,

Il a notre foi, notre amour,

C'est lui qu'on chante et qu'on implore,

Oui, l'or est le seul dieu du jour.

## II.

L'homme est un roi superbe à qui le Seigneur donne,
Avec le corps et l'âme, une double couronne
    De tendresse et de pureté ;
Mais bientôt l'âge arrive et domine son être,
L'homme voit sa couronne en un jour disparaître
    Au souffle de la volupté.

L'or est pour ses élus un maître impitoyable,
Il est le plus cruel de tous leurs ennemis ;
Il fait d'un innocent parfois un grand coupable ;
Et toujours un esclave à ses ordres soumis.

    Aujourd'hui, c'est l'or qu'on adore,
    Il a notre foi, notre amour,
    C'est lui qu'on chante et qu'on implore,
    Oui, l'or est le seul dieu du jour.

### III.

L'homme veut, sur la terre, avant tout, la fortune,
Et quand tout autre soin lui pèse et l'importune,.
   Rien ne lui coûte pour l'avoir;
La fortune vient-elle avec trop de paresse ?
Pour l'obtenir plus vite il méprise et délaisse
   L'honneur, la vertu, le savoir.

L'or est le seul soleil qui réchauffe sa vie,
Le seul but vers lequel il se plaise à courir;
Avec l'or, tout sourit à son âme ravie,
Et lui fait oublier qu'un jour il doit mourir.

   Aujourd'hui, c'est l'or qu'on adore,
   Il a notre foi, notre amour,
   C'est lui qu'on chante et qu'on implore,
   Oui, l'or est le seul dieu du jour.

## IV.

Ainsi, quand il maudit cet amour, on le nie.
Lorsqu'il dit préférer la gloire et le génie,
    Ou déclare qu'il est humain;
L'homme ment, voyez-vous, il ne faut pas le croire;
Ce qu'il aime, c'est l'or.... le génie et la gloire
    Peut-être il les vendra demain !

Plus un homme vous dit : Moi, je suis honorable;
Plus il dit : Je suis bon; plus il dit : Je suis grand;
Plus vous devez penser qu'il est peu charitable,
Plus vous devez le croire et petit et méchant.

    Aujourd'hui, c'est l'or qu'on adore,
    Il a notre foi, notre amour,
    C'est lui qu'on chante et qu'on implore,
    Oui, l'or est le seul dieu du jour.

## V.

Si le riche parfois s'émeut et s'humanise,
Si son cœur avec vous un instant sympathise,
　　S'il consent à sécher vos pleurs,
Pauvres, ne croyez pas que son cœur soit sincère,
Et qu'il veuille combattre, avec l'ardeur d'un père,
　　Votre misère et vos douleurs.

Non, non, c'est par calcul que le riche vous donne,
Il a soif, voyez-vous de popularité ;
Et lorsque par hasard sa main vous fait l'aumône,
C'est pour voir proclamer par vous sa charité.

　　Aujourd'hui, c'est l'or qu'on adore,
　　Il a notre foi, notre amour,
　　C'est lui qu'on chante et qu'on implore,
　　Oui, l'or est le seul dieu du jour.

## VI.

L'or exerce un suprême et dangereux empire
Sur tout être imprudent qui pour lui seul respire,
    Et vers le mal il le conduit ;
Et pourtant l'homme voit, pour traverser la vie,
Dans ce fragile esquif, auquel il se confie,
    Un talisman qui le séduit.


Promoteur éternel des vices et des crimes,
C'est l'or qui nous remplit d'égoïsme et de fiel,
Lui qui nous fait rouler d'abîmes en abîmes,
Et qui souvent, hélas ! nous fait perdre le ciel !


    Aujourd'hui, c'est l'or qu'on adore,
    Il a notre foi, notre amour,
    C'est lui qu'on chante et qu'on implore,
    Oui, l'or est le seul dieu du jour.

## VII.

Si, confiant et bon, votre esprit doute encore
De cette soif ardente et vile qui dévore
    La pauvre humanité,
Approchez-vous du dieu, pénétrez dans ses temples,
Et vous vous convaincrez, par des milliers d'exemples,
    De cette vérité.

## VIII.

Voyez, dans ce salon, cette enfant blanche et rose,
Tendre et suave fleur, d'hier à peine éclose ;
    Oh ! ne dirait-on pas
Que cette jeune fille, à la beauté céleste,
Dont le front est si pur, le regard si modeste,
    Est un ange ici-bas ?

Eh bien ! cette enfant là c'était la fiancée

De Paul, qui pauvre était son unique pensée ,

Son rêve le plus doux....

Il lui demande enfin de tenir sa promesse....;

Mais Louise voit Franz; il offre sa richesse ,

Et devient son époux !

Aujourd'hui , c'est l'or qu'on adore ,

Il a notre foi, notre amour,

C'est l'or qu'on chante et qu'on implore ,

Oui , l'or est le seul dieu du jour.

## IX.

Entendez-vous cet homme implorer la justice ,

Réclamer à grands cris le plus affreux supplice,

La plus ignoble mort,

Pour punir cette femme encore jeune et belle,

A ses devoirs d'épouse un instant infidèle ,

Et qui maudit son sort?

Voyez-vous ce vieillard qui cause avec cet homme?

Écoutez leurs propos, et vous entendrez comme

    Moyennant cent écus,

Ces deux êtres pervers signent un pacte infâme,

Par lequel le mari content laisse sa femme,

    Et ne se plaindra plus!

    Aujourd'hui, c'est l'or qu'on adore,

    Il a notre foi, notre amour,

    C'est lui qu'on chante et qu'on implore,

    Oui, l'or est le seul dieu du jour.

## X.

Voyez ce grand monsieur dont la tête grisonne,

Jusques à quarante ans son cœur n'aima personne,

    Et n'eut que du mépris

Pour le sexe enchanteur qui dore notre vie....

Mais tout-à-coup il fut, de la belle Aspasie,

    Éperdûment épris.

Aspasie était prude, effrontée et coquette,

Elle parut aimer Léonce, sa conquête,

  Tant qu'il eut de l'argent....

Mais quand par des revers il perdit sa richesse,

Elle le renvoya, sans forme, avec rudesse,

  Et même en l'outrageant.


  Aujourd'hui, c'est l'or qu'on adore,

  Il a notre foi, notre amour,

  C'est lui qu'on chante et qu'on implore,

  Oui, l'or est est le seul dieu du jour.


## XI.

Hortense avait seize ans; elle était pauvre et belle,

Nul n'aimait la sagesse et n'aimait Dieu plus qu'elle;

  Un calme et pur bonheur

Devait être le prix de sa noble conduite....

Quand elle fut un jour fascinée et séduite

  Par un riche seigneur!

Frédéric lui promit amour et mariage ;

De leurs tendres serments bientôt survint un gage ;

    Et voilà qu'aujourd'hui

Le traître va s'unir avec une autre femme....

Hortense est morte, hélas ! ce matin , et son âme

    Priait encor pour lui !


    Aujourd'hui, c'est l'or qu'on adore ;

    Il a notre foi, notre amour,

    C'est lui qu'on chante et qu'on implore,

    Oui, l'or est le seul dieu du jour.


## XII.

Voyez cette innocente et frêle créature,

Sur son cou gracieux sa blonde chevelure

    Descend en longs anneaux....

Eugénie a quinze ans.... oh ! comme elle est jolie !

Mais le vice déjà, sous les pas d'Eugénie

    A tendu ses réseaux.

Hector vit Eugénie, et soudain à sa mère

Il dit : Qu'est la vertu ? ce n'est qu'une chimère,

    L'or seul fait le bonheur.

Et, cédant à l'appât de ce métal sonore,

Cette mère perdit sa fille vierge encore,

    Ainsi que son honneur !

    Aujourd'hui, c'est l'or qu'on adore,

    Il a notre foi, notre amour,

    C'est lui qu'on chante et qu'on implore,

    Oui, l'or est le seul dieu du jour.

## XIII.

Voyez.... mais à quoi bon soulever tant de voiles ?....

On compterait plutôt le nombre des étoiles

    Qui scintillent au ciel

Qu'on ne pourrait savoir le nombre des victimes

Que fait la soif de l'or, au milieu des abîmes

    Du monde artificiel.

Car tous, nobles et grands, bourgeois et prolétaires;

Frères, oncles, neveux, cousins, enfants et pères,

Avec audace encor !

Subissent ici-bas la fatale influence

De cette redoutable et hideuse puissance

Qu'on nomme soif de l'or....


Aujourd'hui, c'est l'or qu'on adore,

Il a notre foi, notre amour,

C'est lui qu'on chante et qu'on implore,

Oui, l'or est le seul dieu du jour.


## XIV.

Jusques à quand, Seigneur, souffrirez-vous que l'homme,

Sur cette triste terre où lui-même se nomme

L'être le plus parfait,

Méconnaissant son Dieu, source de toute chose,

Foule aux pieds ses devoirs et méprise la cause

Par amour pour l'effet ?

# NOËL[1]

Mis en musique par M. Biver, et chanté pour la première fois la nuit de Noël, le 25 décembre 1858, dans la chapelle Margaux, de Bordeaux.

## CHOEUR.

---

Terre ! tressaille d'allégresse !

L'heure du mystère a sonné !

Marie a tenu sa promesse :

Jésus est né ! *( bis.)*

## I.

Quel est celui dont la naissance

Doit en ce jour nous réjouir ?

Est-ce un être dont la puissance

Soit à craindre ou soit à bénir ?

Mortels, c'est un Dieu qui nous aime,

Et , dans sa suprême bonté ,

En ce monde descend lui-même

Pour y sauver l'humanité !


Terre ! tressaille d'allégresse !

L'heure du mystère a sonné !

Marie a tenu sa promesse :

Jésus est né. *( bis.)*

## II.

Voyez l'étoile lumineuse
Qui brille au front du firmament,
Et conduit une foule heureuse
Près du berceau de cet enfant ;
Voyez ces bergers, ces rois mages,
A ses pieds, ravis, anxieux,
Déposer foi, présents, hommages....
Oh! c'est bien l'envoyé des cieux !


Terre! tressaille d'allégresse !
L'heure du mystère a sonné !
Marie a tenu sa promesse :
  Jésus est né !  *(bis.)*

## III.

Voyez la profonde misère

Qui règne autour de cet enfant,

Et pourtant de sa sainte Mère

Voyez le regard triomphant....

L'étable où Jésus vient de naître

Est le prélude de la croix,

Et toutes deux font reconnaître

Le fils de Dieu, le Roi des Rois !


Terre ! tressaille d'allégresse !

L'heure du mystère a sonné !

Marie a tenu sa promesse

Jésus est né ! *(bis.)*

DU MÊME AUTEUR :

# BLUETTES POÉTIQUES

PREMIER VOLUME.

Bordeaux.— Imp. de J. Delmas, rue Ste-Catherine, 139.

www.ingramcontent.com/pod-product-compliance
Lightning Source LLC
Chambersburg PA
CBHW060805180626
46818CB00002B/707